CATALOG

DES

TABLEAUX ANCIENS

DE DIFFÉRENTES ÉCOLES

AU NOMBRE DESQUELS

DEUX ŒUVRES IMPORTANTES

DE

Fr. BOUCHER et de J.-B. OUDRY

Composant la Collection de

Feu M. Louis AUBERT

DE LYON

DONT LA VENTE AUX ENCHÈRES AURA LIEU

A L'HOTEL DES VENTES, rue de l'Hôpital, 6, au 1er

A LYON

Les Lundi 12 et Mardi 13 Avril 1886
A 7 heures 3/4 du soir

Me GAZAGNE	M. B. LASQUIN
COMMISSAIRE-PRISEUR	EXPERT
Rue de l'Hôpital, 6. — Lyon	*Rue Laffitte, 12. — Paris*

EXPOSITIONS

PARTICULIÈRE :	PUBLIQUE :
Samedi, 10 avril.	*Dimanche, 11 avril.*

DE UNE HEURE A QUATRE HEURES

Dans la grande galerie vitrée du rez-de-chaussée

Et chaque jour de vente

De 1 heure à 3 heures, dans la grande salle du premier.

COLLECTION

DE

FEU M. LOUIS AUBERT

CATALOGUE

TABLEAUX ANCIENS

DE DIFFÉRENTES ÉCOLES

AU NOMBRE DESQUELS

DEUX ŒUVRES IMPORTANTES

DE

Fr. BOUCHER et de J.-B. OUDRY

Composant la Collection de

Feu M. Louis AUBERT

DE LYON

DONT LA VENTE AUX ENCHÈRES AURA LIEU

A L'HOTEL DES VENTES, rue de l'Hôpital, 6, au 1er

A LYON

Les Lundi 12 et Mardi 13 Avril 1886

A 7 heures 3/4 du soir

Me GAZAGNE	M. B. LASQUIN
COMMISSAIRE-PRISEUR	EXPERT
Rue de l'Hôpital, 6. — Lyon	*Rue Laffitte, 12. — Paris*

EXPOSITIONS

PARTICULIÈRE :	PUBLIQUE :
Samedi, 10 avril.	*Dimanche, 11 avril.*

DE UNE HEURE A QUATRE HEURES

Dans la grande galerie vitrée du rez-de-chaussée

Et chaque jour de vente

De 1 heure à 3 heures, dans la grande salle du premier.

LE PRÉSENT CATALOGUE SE DISTRIBUE :

A Lyon . . . .   A la Librairie ancienne d'Aug. Brun, rue du Plat, 13.

A Paris. . . .   Chez M. Lasquin, expert, rue Laffitte, 12.

A Marseille. .   Chez M. Ernest Valli, rue Estelle, 25.

A La Haye . .   Chez M. Sarluis, Spiristraat, 33.

A Bruxelles .   Chez M. Victor Le Roy, rue des Chevaliers, 18.

A Rome . . . .   Chez M. Silvio Bocca, via Giardino, 110.

A Florence. .   Chez M. Riblet, via Borgo Ognisanti, 15.

A Amsterdam.   Chez M. Boas Berg, Kalverstraat.

A Cologne . .   Chez MM. Bourgeois frères.

A Londres . .   Chez M. Martin Colnaghi, Haymarket

CONDITIONS DE LA VENTE.

Elle sera faite au comptant.

Les acquéreurs paieront *cinq pour cent* en sus du prix d'adjudication.

L'ordre du catalogue ne sera pas suivi.

Pour toute acquisition ou tout renseignement, s'adresser à M. B. Lasquin, expert, rue Laffitte, 12, à Paris, et à Lyon, Hôtel Collet, à partir du 10 avril 1886.

DÉSIGNATION

ANTONISSEN (Henri-Joseph)
(Le maitre d'Ommeganck)

1 — *Le Matin.*

A droite, sur l'orée du bois, une bergère est debout, tenant une quenouille; elle s'entretient avec un pâtre assis par terre. Deux vaches, des chèvres et des brebis couchées paissent alentour. La vue se perd à gauche sur une campagne accidentée d'une vaste étendue.

ANTONISSEN (H.-J.)

2 — *Le Soir* (pendant du précédent).

Le troupeau va passer le gué. Deux vaches debout, une autre couchée, des chèvres et des brebis sont arrêtées près d'un rocher, au bord d'une rivière, où plusieurs bestiaux sont déjà entrés. Dans le lointain, à gauche, se dessine la silhouette de montagnes dorées par les feux du couchant.

Bois. Haut., 50 cent.; larg., 63 cent.

ASSELYN (J.)

3 — *L'Assaut d'une citadelle.*

Une citadelle armée de nombreux canons est assiégée. Déjà des fantassins pénètrent dans la place suivis par une troupe de cavaliers.

A droite, sur une éminence, le commandant des assiégeants donne des ordres et envoie de nouveaux renforts.

Au loin, on aperçoit une immense plaine bornée par la mer et éclairée par un ciel chaud et rosé.

Bonne conservation.

Toile. Haut., 65 cent.; larg., 91 cent.

BEAUQUESNE (C.)

4 — *Un bal à la Cour sous Louis XVI.*

Dans une rotonde inondée de lumière et décorée de riches tentures, une foule de gentilshommes et de dames de la Cour dansent en présence du roi.

Beau cadre Louis XIV.

Toile. Haut , 63 cent.; larg., 79 cent.

BEGYN (Abraham)

5 — *L'Abreuvoir.*

Un jeune pâtre et une bergère conduisent un petit troupeau composé de deux vaches, une rousse et une blanche, et de quatre moutons, vers un petit cours d'eau coulant au pied d'un rocher contourné par un chemin sinueux.

Au premier plan, un tronc de hêtre à terre.
Ciel doré.

Bois. Haut., 37 cent.; larg., 50 cent.

BÉGYN (A.) (attribué à)

6 — *Le Passage du Gué.*

Près d'un château en ruine, à gauche, une femme montée sur un baudet cause avec une paysanne et un chevrier; une autre femme et un paysan passent la rivière; à droite, au-delà, un pâtre et son troupeau sont engagés dans un chemin.

Fond de montagnes éclairé par une lumière dorée.

Toile. Haut., 62 cent.; larg., 88 cent.

BERRÉ (J.-B.)

7 — *Bestiaux au pâturage.*

Un enfant près d'une haie garde dans un pré trois vaches et deux brebis.

On aperçoit au loin d'autres bestiaux dans la plaine.
Ciel nuageux.
Signé et daté 1824.

Toile. Haut., 31 cent ; larg., 39 cent.

BERRÉ (J.-B.)

8 — *Pâturage.*

Trois vaches et deux moutons sont gardés dans une prairie par un enfant assis au pied d'un arbre et accompagné de son chien.

Tableau très fin, signé sur l'arbre.

Bois. Haut., 22 cent.; larg., 29 cent.

BOUCHER (FRANÇOIS)

9 — *La Vierge et l'Enfant Jésus.*

Est-ce bien la Vierge Marie qui se voit ici représentée ? L'hésitation est permise. N'était l'auréole qui surmonte sa tête, on pourrait prendre cette charmante jeune femme en robe rose, si coquettement coiffée d'une écharpe à l'orientale, pour une de ces jolies bergères que l'artiste se complaisait à reproduire dans ses élégantes pastorales. Et cette apparition dans les nuages de visages souriants et joufflus, est-ce bien une gloire de chérubins plutôt qu'un essaim d'amours ?

Marie est assise dans un parc, sur son manteau bleu jeté par terre, à l'ombre des rameaux touffus d'un chêne, contre un élégant vase de marbre orné de têtes de satyres. Elle regarde avec une touchante sollicitude son jeune enfant qui lui sourit, couché sur ses genoux, la taille ceinte d'un linge blanc maintenu par des bandelettes roses.

A ses pieds un panier de pêches et de raisins.

Tableau d'une tonalité claire, nacrée et d'une très belle conservation.

Il provient de la collection de M. le baron de Combias et a figuré à l'Exposition rétrospective de Lyon en 1877, sous le n° 40.

Cadre sculpté ancien.

Toile. Haut., 1 m. 35 cent.; larg., 1 m. 10 cent

BRAUWER (Adrien)

10 — *Un Buveur.*

C'est un gaillard au teint coloré, à la barbe clair-semée, aux longs cheveux noirs, coiffé d'une toque.

Vu en buste tourné vers la droite, il fait une grimace comique, ouvrant démesurément les mâchoires après une rasade d'un élixir trop violent contenu dans une fiole, à demi-pleine, qu'il tient de la main droite.

Peinture vigoureuse comme une œuvre de F. Hals.

Ce tableau a figuré à l'Exposition rétrospective de Lyon en 1877, sous le n° 45.

Tois. Haut., 48 cent ; larg., 36 cent.

CARRACCI (école des)

11 — *L'Ensevelissement du Christ.*

Toile. Haut., 34 cent. ; larg., 74 cent.

CARRÉ (Michel)

12 — *Bestiaux au pâturage*.

Auprès d'un saule à gauche, dans une prairie coupée par divers cours d'eau, un taureau à robe rousse tachetée de blanc se présente de face, regardant le spectateur. Près de lui sont deux brebis et leurs agneaux.

Plus loin d'autres bestiaux paissent dans la prairie.

Bon tableau de l'artiste, se rapprochant des œuvres de Van de Velde.

Signé à gauche.

Toile. Haut., 51 cent.; larg , 62 cent.

CHARPENTIER (Jean-Baptiste)

13 — *Le Benedicite*.

Devant une rustique maisonnette d'un aspect riant, avec son pigeonnier pittoresque et ses murailles tapissées de verdure et de fleurs, une jeune mère est assise et récite le benedicite à ses deux marmots, avant de leur partager le contenu d'une jatte qu'elle tient sur ses genoux.

Le père, debout, contemple cette scène avec attendrissement ; près de lui, se trouvent un rosier en caisse et divers accessoires de jardinage.

Une vieille femme, la grand' mère sans doute, est à l'intérieur du logis, appuyée sur le battant de la porte.

Toile. Haut., 45 cent.; larg., 36 cent.

CHARPENTIER (J.-B.)

14 — *La Leçon de flageolet* (pendant du précédent).

Dans un intérieur modeste, un vieillard à longue barbe blanche, assis près d'une fenêtre, donne une leçon de flageolet à un enfant debout devant lui.

Près d'eux, un chien couché, divers accessoires et un réchaud supportant une marmite.

Ces deux charmantes compositions, pleines de naïveté, sont d'une conservation parfaite. Elles proviennent du château de La Motte.

Toile. Haut., 45 cent.; larg., 36 cent.

CHAVANNE (Et.)

15 — *Nature morte.*

Poulet plumé posé sur une table.

Toile. Haut., 45 cent.; larg., 39 cent.

COURTOIS, dit le BOURGUIGNON (Pierre)

16 — *Bataille.*

Des guerriers en costume romain sont aux prises : au centre, deux cavaliers, dont l'un démonté, son cheval blanc renversé sous lui.

Plus loin, une mêlée furieuse dans une vallée dominée par une ville assise sûr une montagne.

Toile. Haut., 75 cent. ; larg., 97 cent.

CRAESBECK (attribué à)

17 — *La Fin d'un repas.*

Huit villageois se sont levés de table, dans des attitudes burlesques qui indiquent la fin d'un copieux repas.

Une servante marque au mur les consommations, un joueur de cornemuse ajoute à la gaieté des convives.

Cadre sculpté.

Bois. Haut., 51 cent. ; larg , 73 cent.

CRIVELLONE

18 — *Volatiles.*

Une cane et ses canetons s'élancent dans une petite rivière, dont les bords sont plantés de roseaux, à l'approche d'une poule et de ses poussins qui viennent picorer au bord de l'eau.

Toile. Haut., 70 cent. ; larg., 90 cent.

DE MARNE (Louis)

19 — *La Balançoire.*

Des bergers se récréent au jeu de la balançoire. Une jeune fille vient de se laisser choir sur le gazon, sa jupe res-

tant accrochée au bout relevé de la planche : situation sca-
breuse qui provoque les éclats de rire de son vis-à-vis, jou-
venceau indiscret, à califourchon sur l'autre extrémité de la
bascule et auquel une bergère bien intentionnée veut bou-
cher la vue avec la main.

Près d'eux un taureau, une chèvre et son chevreau qui
tête. Plus loin des vaches couchées.

Délicieux petit tableau plein d'esprit et d'une touche
légère.

Signé à gauche : De Marne, 1815.

Bois. Haut , 26 cent. ; larg., 30 cent.

DE ROY (J.-B.)

1827

20 — *Paysage et animaux*.

Un troupeau, conduit par deux bergers, traverse une petite rivière sur un pont de bois. Au loin, un château en rui-
nes.

Bois. Haut., 52 cent.; larg., 71 cent.

DE TROY (Jean-François)

21 — *Madeleine au désert*.

Assise à terre, adossée à une roche au bas d'un monticule
planté d'arbres, enveloppée d'une draperie jaune laissant les

épaules découvertes, elle tient un livre ouvert sur ses genoux.

Signé à droite, sur le rocher, et daté 1720.
Cadre ancien.

Toile. Haut., 78 cent.; larg., 64 cent

ÉMILE V. (Signature)

1823

22 — *Portrait d'une jeune femme.*

Elle est assise sur un rocher et joue de la guitare les yeux levés vers le ciel, vêtue d'une robe noire et coiffée d'une toque à plume.

Figure poétique inspirée d'une œuvre de Châteaubriand.
Cadre Louis XIV en bois sculpté.

Toile. Haut., 57 cent.; larg., 47 cent.

EVERDINGEN (attribué à)

23 — *Un Naufrage.*

Un navire désemparé est venu se briser contre un banc de rochers. Quelques naufragés sont encore dans les flots, d'autres à terre organisent le sauvetage.
Cadre ancien en bois sculpté.

Toile. Haut, 98 cent.; larg, 1 m 33 cent

FERG (F. DE PAULE)

24 — *La Bergère.*

Assise au bas d'un tertre dominé par des arbres, au bord
d'une rivière, elle file en gardant des chèvres et des moutons .
L'autre rive est bordée de hautes montagnes.

FERG (F. DE PAULE)

25 — *Le Berger* (pendant du précédent).

Il se repose auprès d'une fontaine en gardant son petit
troupeau de moutons et de chèvres.

Au loin, on voit une rivière et des montagnes à l'horizon.

Ces deux petits tableaux sont très bien conservés.

Bois. Haut., 18 cent. ; larg., 24 cent.

GOYEN (attribué à VAN)

26 — *Ville fortifiée de Hollande.*

Elle est située au bas d'une colline et baignée par une
rivière sillonnée de bateaux.

Au premier plan, des pêcheurs et des passagers sur la
rive.

Ce tableau a malheureusement souffert par le nettoyage.

Bois. Haut , 44 cent.; larg , 21 cent.

GRAILLY (A.)

27 — *Paysage au soleil couchant.*

Au premier plan, coule une rivière où des bestiaux viennent s'abreuver.

Au-delà, une vallée traversée par un aqueduc.

Toile. Haut., 54 cent. ; larg., 67 cent.

GRIFFIER (Jean)

28 — *Vue des bords du Rhin.*

Le fleuve coule dans une belle vallée, dominée par des
hautes montagnes.

Au premier plan, des bateliers chargent des chalands.
A gauche, une auberge devant laquelle des villageois attablés
et un joueur de vielle.

Plus loin, du même côté, un château à tourelles.
Charmant tableau, bien conservé, signé à gauche.

Bois. Haut., 36 cent. ; larg , 49 cent.

HEEMSKERK le vieux (Egbert Van)

29 — *Intérieur de cabaret.*

Une quinzaine de villageois et d'hommes d'armes sont
réunis dans un cabaret, buvant, fumant, chantant. L'un

d'eux joue du violon, un autre lit la gazette, pendant que le maître de l'établissement tire de la bière au tonneau.

Bois. Haut., 44 cent. ; larg., 63 cent.

HEEMSKERK le jeune (E.)

30 — *Intérieur de cabaret.*

Un galant villageois a pris la taille d'une servante debout devant lui et qui lui caresse le menton.

A droite, un autre villageois paraît préférer la boisson à l'amour, car il presse aussi tendrement un cruchon de bière que son compagnon la taille de la servante.

Au fond, deux paysans sont devant l'âtre.

Scène amusante et spirituelle d'un bon coloris.

Signé du monogramme à gauche.

Cadre Louis XIV en bois sculpté.

Bois. Haut., 20 cent ; larg , 24 cent.

HUGTEMBURG

31 — *Combat de cavaliers turcs et hongrois.*

Au centre, trois cavaliers turcs et deux hongrois s'at-taquent avec furie.

A terre, un soldat renversé aux pieds des chevaux.

Plus loin, à droite, une mêlée de cavalerie.

Toile. Haut., 59 cent.; larg., 82 cent.

DE LACROIX

32 — *Port de mer, soleil couchant.*

Des pêcheurs, hommes et femmes, sont groupés sur le rivage au premier plan. A droite, un navire.

A gauche, des rochers et une tour au-delà desquels on aperçoit une ville au pied d'une montagne.

Tableau bien conservé et d'une tonalité claire.

Signé à gauche De Lacroix 1766.

Toile. Haut., 47 cent.; larg., 74 cent.

LE BRUN (CHARLES)

33 — *L'Ensevelissement du Christ.*

La vierge Marie, sainte Madeleine et saint Jean, éperdus de douleur, enveloppent d'un linceul le corps du Christ descendu de la croix.

Au bas à droite, la couronne d'épines et les instruments de la Passion.

Cadre ancien.

Forme ronde. Diamètre, 72 cent.

LEGILLON

34 — *Intérieur d'étable.*

Un rayon de lumière pénétrant par une lucarne éclaire vivement un petit cheval blanc chargé d'un bât ; au fond, une fille de ferme trait une vache.

Au premier plan, une femme tond une brebis étendue sur un banc ; près d'elle, deux autres brebis couchées.

Le clair obscur est parfaitement rendu dans ce tableau qui est comparable à une œuvre de de Marne.

Signé à gauche.

Bois. Haut., 36 cent.; larg., 31 cent.

MIGNARD (attribué à)

35 — *La Vierge, Jésus et saint Jean.*

La vierge Marie à demi agenouillée, vêtue d'un manteau bleu, d'une robe rouge et d'un corsage rayé, retient l'enfant Jésus penché vers saint Jean et son agneau auquel il sourit.

Ce joli groupe est représenté près d'un arbre devant une construction.

Tableau rappelant l'exécution précieuse de certains maîtres hollandais, tels que Philippe Van Dyck et Van der Werf.

Bois. Haut., 58 cent.; larg., 47 cent.

MILÉ (Francisque)

36 — *Paysage d'Italie.*

Des voyageurs suivent une route passant au pied d'une montagne et aboutissant à un pont jeté au-dessus d'un torrent. Le paysage s'étend à droite.

Au premier plan un homme et une femme se reposent, non loin d'eux se trouve un pêcheur au bord du ruisseau.

Tonalité chaude et transparente.

Toile. Haut., 41 cent.; larg., 56 cent.

MOLA (F.)

37 — *Le Repos de la Sainte Famille en Égypte.*

La Vierge endormie au pied d'un palmier tient son divin Fils dans un pan de son manteau.

A droite, saint Joseph et deux chérubins. A gauche, deux anges.

Cuivre. Haut., 36 cent ; larg., 49 cent.

MONNOYER (attribué à Baptiste)

38 — *Perroquet près d'un vase de fleurs.*

Toile Haut., 45 cent ; larg , 63 cent.

MONTANINI (Pierre)

39 — *Scène villageoise.*

Une famille est réunie devant une habitation, la mère
tient un enfant sur ses genoux, une jeune fille file ayant
auprès d'elle un enfant jouant du flageolet.

Trois autres enfants jouent avec un mouton et deux fil-
lettes, dont l'une porte un panier de pigeons, partent au
marché.

Toile. Haut., 48 cent.; larg., 63 cent.

MOUCHERON

40 — *Paysage d'Italie.*

Un chemin passe au pied d'un monticule à pic, con-
tournant une tour qui se dresse au bord d'une rivière. Sur
le chemin sont trois villageois : l'un monté sur un âne,
l'autre gardant des chèvres, le troisième courant après une
vache.

Tableau d'une lumière dorée, mais qui malheureusement a subi quelques repeints.

Bois. Haut., 39 cent.; larg, 49 cent.

NEEFS (Peeter)

41 — *Intérieur d'église.*

L'artiste a représenté la nef latérale d'une église gothique où se voient deux chapelles animées de fidèles.

Au premier plan, un gentilhomme offre l'eau bénite à une dame.

A gauche, un ecclésiastique sort de la sacristie.

Bon tableau d'un ton clair, signé en toutes lettres sur un pilier à gauche.

Il a figuré à l'Exposition rétrospective de Lyon, en 1877, sous le n° 122.

Bois. Haut., 47 cent.; larg., 63 cent.

NEER (attribué à A. Van der)

42 — *Clair de lune.*

La vue s'étend sur une rivière bordée de maisons à gauche et de grands arbres sur l'autre rive.

Toile. Haut., 60 cent., larg., 47 cent·

OUDRY (Jean-Baptiste)

43 — *Singe dérobant des fruits.*

Une corbeille d'argent remplie de pêches, de grenades et de raisins, d'autres pêches, un melon et une coupe de porcelaine du Japon pleine de figues sont déposés sur la terrases d'un parc devant un piédestal surmonté d'un beau vase de terre cuite qui contient un bouquet de tulipes et de fleurs variées.

Ces fruits magnifiques excitent la convoitise d'un singe qui, grimpé sur une balustrade, se penche pour saisir une grappe de raisins dans la corbeille.

A droite, un petit massif de mauves et de pavots.

Œuvre capitale du maître, d'un ton clair et argenté et d'une admirable conservation.

Signé au bas du piédestal J.-B. OUDRY et daté 1724.

Toile. Haut., 1 m 45 ; larg., 1 m 45.

PILLEMENT (JEAN)

44 — *La passerelle.*

Une chevrière traverse avec son troupeau un pont rustique jeté sur un torrent qui retombe en cascade au bas d'une colline plantée de grands arbres, à droite.

Au bord du torrent, un jeune villageois, ayant un enfant près de lui, pêche à la ligne.

A gauche, la vue s'étend sur un paysage qui se déroule au loin.

Important tableau de l'artiste d'un coloris très clair et en parfait état de conservation.

Cadre ancien.

Toile. Haut., 73 cent; larg., 1 mètre.

POELEMBURG (Corneille)

45 — *Nymphes, Satyre et Amours.*

Deux nymphes, un satyre et deux amours sont réunis à l'ombre d'un rocher.

L'une des nymphes est assise sur une draperie jaune jetée sur le sol ; l'autre, placée derrière la première, présente un épi au satyre couché et accoudé devant elle.

A gauche, les deux amours, dont l'un joue du chalumeau, sont assis sur un tertre.

Bois Haut., 34 cent. ; larg , 45 cent.

POELEMBURG (Corneille)

46 — *La Nativité.*

Les bergers sont accourus à l'heureuse nouvelle et entourent la crèche.

La Vierge leur présente l'Enfant-Jésus.

Des anges voltigent sur un nuage.

Composition importante par le nombre de figures.

Cuivre. Haut., 45 cent. ; larg , 38 cent.

QUAST (Pierre)

47 — *Les Joueurs de cartes.*

Trois joueurs sont attablés.

Le perdant en veste rouge, la mine déconfite, adresse

des menaces à son adversaire qui se hâte, en homme de précaution, de serrer le gain dans son escarcelle.

Le troisième personnage, vêtu d'une veste bleue, semble plaisanter le vaincu.

Un quatrième villageois se tourne vers le mur à gauche.

Bois. Haut , 50 cent ; larg , 60 cent.

ROMBOOUTS (A.)

48 — *Le Goûter*.

L'artiste a groupé une famille dans un intérieur ; le maître du logis en veste bleue avec manches à revers rouges, est assis la main appuyée sur son genoux couvert par son chapeau de feutre. A côté de lui, sa femme assise sur un baquet tient une jatte de laitage sur ses genoux, un enfant devant elle et un jeune homme derrière, paraissent se régaler de cette bouillie.

En avant, divers ustensiles, tels que : un chaudron, des bûches de bois, un pot de grès et des coquilles de moules.

Signé en toutes lettres en haut à droite.

Bon tableau franchement peint et bien conservé.

Toile. Haut., 43 cent., larg·, 36 cent.

ROM BOUT (G.)

49 — *Kermesse flamande*.

Un grand nombre de paysans sont arrêtés devant les marchands forains établis dans la grande rue d'un village.

A droite, près d'une auberge, un marchand de chansons et sa femme montés sur une estrade retiennent attentifs des villageois et trois cavaliers.

Au premier plan, des villageois assis sur le bord de la route. Plus loin, on aperçoit un bal champêtre sur la place du village.

Tableau important signé.

Bois. Haut., 60 cent. ; larg., 84 cent.

ROSA (attribué à SALVATOR)

50 — *La Madeleine au désert.*

Elle est assise à l'entrée d'une grotte, les mains jointes, devant un crucifix, un livre de prières et une tête de mort. A ses pieds se trouvent quelques racines composant sa frugale nourriture.

A gauche, se déroule un paysage arrosé par une rivière venant retomber en cascade au premier plan.

Beau cadre Louis XV en bois sculpté.

Toile. Haut., 65 cent. ; larg., 80 cent.

ROSA DE TIVOLI

51 — *Berger et son troupeau.*

Dans un paysage accidenté un pâtre garde un petit troupeau.

Toile. Haut., 86 cent. ; larg., 1 m. 20 cent.

RUTHARD (Ch.)

52 — *Trois Oiseaux morts.*

Peinture d'un fini précieux.

Bois. Haut., 17 cent ; larg., 25 cent..

STEEN (Jan)

53 — *La Dispute après le jeu.*

Tout est bouleversé dans l'intérieur d'une tabagie. Deux joueurs, pris de querelle et armés de couteaux, se battent avec furie, à travers le renversement des tonneaux, des tables et des bancs.

Deux ménagères veulent s'interposer ; l'une, à genoux, supplie les combattants de cesser la lutte, tandis que l'autre, plus virile, les menace du tonnelet qu'elle tient à bout de bras.

Deux villageois se tiennent craintifs au fond de la pièce contre la cheminée.

A gauche, près de la porte, un chien aboie et un marmot piaille, étalé par terre ; un homme pénètre dans la pièce portant une échelle.

Scène pleine de mouvement.

Bois. Haut., 24 cent. ; larg , 31 cent.

STEEN (Jan)

54 — *L'Opérateur.*

Une femme en robe de satin vert avec corsage violet, est assise et paraît se défendre en retenant sa jupe contre les entreprises du galant pédicure.

Derrière une table, un aide debout tient une fiole.

Tableau dénaturé par des restaurations.

Bois. Haut., 38 cent ; larg., 30 cent.

TIÉPOLO

55 — *La Vierge Marie présentant l'Enfant Jésus à saint Antoine de Padoue.*

La Vierge, invoquée par le saint, lui apparaît sur des nuages entourée d'une gloire de chérubins.

Toile. Haut., 69 cent., larg., 38 cent.

TIÉPOLO (école des)

56 — *La Madeleine aux pieds du Christ.*

Toile ovale. Haut., 34 cent ; larg , 43 cent.

VLIEGER (attribué à Simon de)

57 — *Combat naval.*

Deux navires toutes voiles déployées se canonnent ; à droite, deux autres navires ; plus loin, une flotte. Ciel gris nuageux.

Cadre ancien.

Bois. Haut , 56 cent. ; larg., 79 cent.

WITTE (Gaspar de)

58 — *Repos de la Sainte Famille.*

Dans un très beau paysage accidenté la Vierge et Jésus sont assis près d'une fontaine adossée à un monticule ; saint Joseph puise de l'eau.

Près d'eux, un âne ; à gauche, un bouquet de grands arbres ; au fond, une rivière encaissée traversée par un pont conduisant au pied d'une montagne dominée par un château-fort. Plus loin, une chaîne de montagnes.

Tons chauds et vaporeux. Belle conservation.

Signé en toutes lettres.

A figuré à l'Exposition rétrospective de Lyon en 1877, sous le n° 169.

Cuivre Haut., 69 cent. ; larg , 85 cent.

WITTE (Gaspar de)

59 — *Grand paysage* (pendant du précédent).

Dans un site sauvage, à l'entrée d'une forêt aux arbres séculaires, la Madeleine est en prière.

A gauche, un torrent coule au milieu des rochers.

Signé en toutes lettres.

Cuivre. Haut., 69 cent.; larg., 85 cent.

ZORG (Henri Martin Rokes, dit)

60 — *Le Marchand de volailles.*

Il est assis sur la place d'un marché, entouré d'ustensiles, baquets, paniers, pot en grès, jatte à lait en cuivre, etc. Il montre un canard qu'il tient de la main gauche et paraît s'adresser aux spectateurs.

Devant lui, sur un baquet, deux autres canards.

Au loin, les monuments de la ville.

Bon tableau d'une tonalité ambrée, en bon état.

Signé en toutes lettres sur le baquet : H. M. Zorg F.

Bois. Haut , 49 cent.; larg., 73 cent.

ZORG (H.-M.)

61 — *Intérieur de cuisine.*

Une ménagère essuie un ustensile en s'appuyant sur un baquet renversé.

Au fond un homme sort chargé d'un sac.

A gauche, un chaudron, un baquet, un tonneau, un panier et divers pots en grès.

Tonalité grise.

Toile. Haut , 31 cent.; larg., 36 cent.

ZUCCARELLI

62 — *L'Abreuvoir.*

Un jeune berger conduit un troupeau à l'abreuvoir.

ZUCCARELLI

63 — *La Bergère* (pendant du précédent).

Une jeune bergère trait une brebis au milieu de son troupeau.

Toile, forme ronde. Diam., 58 cent.

W. H. (Monogramme)

64 — *Marine.*

Un brick et une barque de pêche sur une mer agitée ; au loin d'autres barques près de la côte.

Ciel chargé de nuages.

Bois. Haut., 54 cent.; larg., 87 cent.

F. G. 1605 (Monogramme)

65 — *Fruits.*

Sur une table, une coupe de verre, contenant cinq pêches ; à côté, deux pommes vertes et une pomme coupée.

Bois. Haut., 30 cent.; larg., 40 cent.

ÉCOLE ALLEMANDE

66 — *La Vierge et Jésus.*

Elle présente le sein à l'Enfant Jésus.

A gauche, un rideau vert relevé garni d'une frange dorée.

Les têtes sont nimbées d'or.

Cuivre. Haut., 29 cent.; larg., 21 cent.

ÉCOLE FLAMANDE

67 — *La Délivrance de saint Pierre.*

Tableau d'un beau coloris malheureusement repeint.

Bois. Haut., 35 cent.; larg , 26 cent.

ÉCOLE FLAMANDE

68 — *Tête de vieille femme.*

De trois quarts à gauche, elle est coiffée d'un bonnet de fourrure et porte une collerette blanche.

Peinture vigoureuse.

Bois. Haut., 35 cent.; larg., 28 cent.

ÉCOLE FLAMANDE

69 — *Entrée de village.*

Des paysans se reposent près d'un grand arbre non loin d'un village aux habitations couvertes de chaume.

ÉCOLE HOLLANDAISE
(Genre de G. Kalf)

70 — *Fruits et nature morte.*

Des pommes, des coings et des raisins remplissent une

corbeille d'osier placée entre deux coupes en faïence de Delft ;
l'une, à gauche, contient des cerises; l'autre est montée en
vermeil.

Toile. Haut., 69 cent.; larg., 1 m. 12 cent.

ÉCOLE HOLLANDAISE

71 — *Marine.*

Deux navires sur une mer tourmentée. Ciel nuageux.

Bois. Haut., 41 cent.; larg., 71 cent

ÉCOLE ITALIENNE (XVIe siècle)

72 — *La Vierge au chardonneret.*

Elle est vue à mi-corps, la tête enveloppée d'une draperie et d'un voile, vêtue d'une robe rouge et d'un manteau
vert, elle présente une grenade à son divin Fils.

L'Enfant Jésus est assis sur un coussin posé sur un
balcon de marbre et est soutenu par sainte Élisabeth.

A droite, un chardonneret sur un épi de millet.

Fond de paysage borné par des collines.

Cadre en bois sculpté.

Bois. Haut., 65 cent.; larg , 52 cent.

ÉCOLE ITALIENNE (xvɪe siècle)

73 — *Sainte Famille.*

La Sainte Vierge, assise au pied d'un arbre, tient l'Enfant Jésus étendu sur ses genoux ; le petit saint Jean lui présente des fruits. Saint Joseph, appuyé sur un bâton, contemple cette scène.

Fond de paysage.

Très beau tableau d'un beau coloris, mais restauré.

Cadre Louis XIV en bois sculpté.

Bois. Haut., 80 cent.; larg., 63 cent.

ÉCOLE ITALIENNE

74 — *La Flagellation du Christ.*

Bois forme contournée.

Haut., 48 cent.; larg., 58 cent.

ÉCOLE ITALIENNE

75 — *L'Adoration des Mages.*

Cadre Louis XIV en bois sculpté.

Toile. Haut., 71 cent.; larg., 94 cent.

ÉCOLE ITALIENNE

76 — *La Vierge et l'Enfant Jésus.*

Toile ovale. Haut., 82 cent.; larg., 65 cent.

ÉCOLE ITALIENNE

77 — *La Nativité.*

Les bergers sont accourus pour adorer le divin Sauveur que sa Mère leur découvre étendu dans une crèche.

Toile. Haut., 60 cent.; larg., 78 cent.

ÉCOLE VÉNITIENNE

78 — *L'Entrevue d'Éliézer et de Rébecca à la fontaine.*

Rébecca reçoit des mains d'Éliézer les présents qui lui sont envoyés par Abraham afin d'obtenir sa main pour son fils Isaac.

La jeune femme est près d'une citerne, accompagnée de trois suivantes, Éliézer est suivi d'une nombreuse escorte.

Toile. Haut., 39 cent.; larg., 58 cent.

79 — *Sous ce numéro.*

Quelques tableaux non catalogués.

Typog. MOUGIN-RUSAND. — Lyon.